Andreas Spiegler

EINWEGGEDANKEN

© 2022 Andreas Spiegler | einweggedanken.de

Gestaltung: Nadine Pfeifer & Johannes Höhmann
Korrektorat: Seda Peker
Druck und Distribution im Auftrag des Autors: tredition GmbH,
Halenreie 40-44, 22359 Hamburg, Germany
ISBN: 978-3-347-46226-7

Verfangen in Einweggedanken
Film ich mich selbst mit meinem Handy
Leicht verwackelt auf meinem Heimweg, wankend
Nur betrunken weiß ich, wo daheim ist
Ist das das Ende?

– Maeckes

HIER MIT EUCH.

Viel zu kleine Augen. Dunkelgrauer Himmel. Die kalte
Luft erschwert das Atmen. Hände graben sich in Hosentaschen. Vor uns leere Gassen. Kleine Cafés werden
von dicken Eisentoren verdeckt. Wir sind geflohen.
Haben alles liegen lassen. Ein Abschied, der uns leicht-
fiel. Mein Blick tastet sich an Häuserwänden entlang.
Inspiziert jede schwungvolle Kante und sucht ein
kleines Lebenszeichen. Um mich herum scheint alles
zu schlafen. Wir können dies nicht. Wollen nicht.
Und laufen fort.

Dreck an meinen Schuhen. Kleine Sprünge lassen mich
Zebrastreifen überqueren. Zeitungsseiten im Rinnstein
und die Telefonzelle hat lange keine Stimme mehr
vernommen. Die Bushaltestelle streckt ihre Arme aus.
Doch wir sind schneller. Klettern Stufen empor. Neugierig. Atemlos. Haben keine Zeit zu zögern und wollen
immer weiter nach oben. Ihr könnt ruhig unten bleiben
– dort waren wir schon. Strecken Albträume in Richtung
Himmel und lassen sie von Tauben entführen. Kein
Gedanke an morgen.

Jeder Schritt in eine andere Richtung. Ein Schatten auf
meiner Schulter. Merke, wie sich die Vergangenheit
anschleicht. Selbst hier bin ich nicht alleine. Hunderte
Kilometer von dir entfernt. Hast dich in einer Jacken-
tasche versteckt und verfolgst mich. Ich traue mich nicht,

meinen Kopf zu drehen. Drehe die Musik etwas lauter. Übertöne dein Lachen. Übertöne dich. Eine Hand packt meinen Arm und zieht mich in die Metro. Zu enge Sitze erzwingen eine ungewollte Nähe. Es fühlt sich komisch an, wenn du kein Wort verstehst. Wie eine schräge Melodie. Ich suche nach bekannten Tönen. Spüre sie nicht. Meine Augen wandern durch den Wagon. Hübsche Frauen haben ihre Köpfe gegen die Fenster gelehnt. Ihre Augen geschlossen. Ihre Münder versteckt in bunten Tüchern.

Raus jetzt. Die Treppen hinunter. An ernsten Blicken vorbei. Straßenlaternen führen uns. Metall und Stahl klettern um die Wette. Überholen sich gegenseitig, bevor sie den Himmel streifen. Am Horizont die ersten Sonnenstrahlen. Kriechen unter ihrer Decke hervor. Greifen nach allem, was unerreichbar scheint. Ich lasse mich gerne vereinnahmen. Die Hand auf dem Klavier. Schwarz. Weiß. Kalte Hände spielen das letzte Lied, während ich deine glänzenden Augen erblicke. Du sitzt alleine im Kettenkarussell. Deine wunderschönen Beine baumeln rasch und mein Herz tut es ihnen gleich. Warum tust du mir das an? Bringst mich ein um das andere Mal zum Stolpern.

Kennst du das Gefühl, wenn viele fremde Gesichter ein Bekanntes formen? Wenn du auf einem Platz stehst und glaubst, die Menschen drehen sich im Kreis. Auf festen Bahnen. Nutzen Worte für dieselben Gedanken. Und du gehörst nicht dazu. Kannst ihre Sprache nicht sprechen. Ihre Tänze nicht erwidern. In solchen Momenten bleibe ich stehen. Und freue mich dennoch da zu sein. Freue mich zu sein. Hier. Mit euch.

KEIN AUGENBLICK MIT AUGENBLICK.

Die Tür des Restaurants öffnet sich schwungvoll.
Du betrittst neugierig, doch fokussiert den Raum.
An deiner Hand ein Funkeln. Ihre Hand fest in deiner
Hand. Du wirkst glücklich. Stolz. Verliebt. Bei der
Suche nach einem freien Tisch streift dein Blick meine
rechte Wange. Mehr wirst du nicht wahrgenommen
haben. Während ich dich sorgsam mustere. Dein gerade
geschnittenes Sakko. Passend zur blauen Jeans. Die
Haare lose im Gesicht. Kleine Sommersprossen auf der
Nase. Du hast den ganzen Tag gearbeitet. Oder be-
hutsam auf die Kinder aufgepasst. Während deine Frau
Kreativkonzepte entwickelte. Brainstorming an Glas-
fronten von Großkonzernen. Ihr scheint unverletzbar.
Kreuzt meine Gedankenwelt und geht an mir vorbei.
Ich erhasche kurz euren Duft – bevor ich wieder den
Blick senke. Vor mir ein großes Glas Wasser. Daneben
eine Käseplatte. Fast leer. Ein Hungergefühl im Herzen
ist dennoch geblieben.

Wie jeden Mittwochabend sitze ich hier und beobachte
die anderen. Bin ganz für mich. Strahlende Gesichter
umarmen gut gekleidete Begegnungen. Ihr diskutiert
mit starken Worten über noch stärkere Thesen. Bestellt
eine weitere Runde und schaut euch dabei vertraut an.
Ungeduldig zeichnen meine Finger Linien in die Tisch-
platte. Sie ist die Bühne zwischen uns. Darauf Hand-
ballen und Getränke. Niedersinkende Argumente.

Diese Bühne betrete ich nicht. Stehe am Rand und schaue zu. Warte auf meinen Einsatz. Auf das Zeichen des Dramaturgen. Es kommt keins. Seit Jahren. Deshalb bleibe ich still. Nicht auffallen. Nicht stören. Bloß nicht das laute Treiben mit meinen Gedanken zum Stocken bringen. Sie würden verstummen. Mich anstarren. Verstört würden sie die Köpfe zusammenstecken. Tuscheln. Ich würde es trotzdem hören. Ihr Urteil. Ein ständiger Bestandteil. Mein Begleiter. Der Einzige.

Aufwachen bedeutet auffinden. Ich in meinen vier Wänden. Mein Bett. Mein Gesicht im Spiegel. Kein Du. Kein Wir. Kein Augenblick mit Augenblick. Einsamkeit ist ein Kopfsalat. Ist ein Knoten, der sich selbst auffrisst. Zuschnürt. Abkapselt.

Ist da jemand?

KANNST DU SIE RIECHEN?

Die Tür schließt hinter den Männern. Ein lautes Klicken verkündet ihre Ankunft. Suchende Blicke gehen über in einen fixierenden Augenblick. Sie steuern den Platz neben mir an. Ihr Geruch ist kalt. Dicke Jacken liegen um ihre schmalen Schultern. Kurzes Nicken. Ich schaue wieder in meinen grauen Becher.

Draußen dichte Regenfäden, die funkelnde Ketten zu Boden werfen. Die Glasscheibe als Schutz zwischen Bar und schmutziger Gasse. Mein Löffel hinterlässt nicht enden wollende Ringe in kaltem Kakao. Habe mir zu viel Zeit gelassen. Nun hängen schwarze Überreste an den Enden meiner Abende. Lassen sich nicht einfach so wegwischen. Auch wenn ich es mir wünsche.
Mein Kopf fällt zur Seite. Verliert den Halt, während schwarzblaue Anzüge aus nassen Mänteln schlüpfen. Ich möchte das alles hinter mir lassen. Will das abgewetzte Schwert unter mein Bett werfen, welches täglich woanders steht. Krieche unter fremde Decken aus Ängsten und Träumen. Kissen fehlt der Mut und durch das Fenster sehe ich ihre Blicke.

„Trinkst du mit?", fragt es von links. Ich blicke in ein blasses Gesicht – suche markante Stellen und finde Spinnen an der Wand. Lange Beine, die auf ihre Chance warten. Wie erkenne ich den richtigen Moment? Wie den richtigen Menschen? Es gibt so verdammt viele.

Gedanken rutschen kreischend meine Schulter hinunter, während ich ein kurzes Grinsen entbehre. Stoße mit dir an. Und höre dir zu. Um mich herum fallen die Farben aus ihren Konturen. Prasseln scheppernd zu Boden, wo sie linienförmig in Richtung Ausgang kriechen. Darf nicht darin versinken. Nicht schon wieder.

Deine Worte streifen mir durchs dichte Haar. Lautlos. Angenehm. Will abhauen. Du auch. Traue mich schließlich, deine Hand zu berühren. Stumm. Denn mir fehlt das richtige Signal. Der passende Satz. Und das merkst du. Offenbare dir mein Innerstes. Kleine Blumen. Bunt. Vertrocknet. Durcheinander. Sie formen keinen schönen Strauß. Doch du kannst vielleicht die Hoffnung riechen. Kannst du?

EMPFÄNGER GESUCHT.

Wir wechseln. Die Reifen. Die Kleidung. Die Frisur.
Ändern ständig unsere Vorlieben und Geschmäcker.
Bleiben kurz stehen. Lachen. Schauen uns um und
ziehen weiter. Zurück bleiben einsame Gegenstände.
Menschen. Herzen. Schauen dem Suchenden hinterher
und beginnen im selben Moment zu verdrängen.
Erinnerungen sind wie Falten. Sie werden mit dem Alter
immer tiefer. Zeigen uns Vergangenes. Die schönen
und traurigen Momente. Wir wollen sie ebnen. Straffen.
Ungeschehen machen. Aber sie bleiben immer Teil
von uns. Immer ein Teil von mir.

Die Zeit schubst mich durch die Gänge des Lebens.
Schnäppchen. Neues. Altes. Ich werde überflutet von
Eindrücken. Und aus mir strömen Gedanken. Spülen
jeden hinfort, der mir zu nahekommt. Überfordert
paddeln Menschen gegen meine Fühlsinnflut. Ich
strecke die Hand aus, ziehe Einzelne auf meine Insel
und weihe sie ein. Halte sie fest. Und zerdrücke sie.
Zu feinem Sand. Der an meinen Beinen haften bleibt.
Ich trage ihn mit mir. Ich trage dich mit mir. Will
nichts vergessen.

All das macht mich zu dem, was ich behaupte zu sein.
Behauptungen in eine Form gegossen. Zu heiß für
deine Lippen. Ich schaue dich an. Meine Augen kriechen
in deine. Und fallen aus mir heraus. Blind. Ungeschickt.

Tapse ich umher. Auf der Suche nach der richtigen
Suche. Ich google „Leben". Schließe meinen Laptop und
renne barfuß in Richtung Sonne. Bleibe an der
nächsten Straßenecke stehen. Warte auf ein Zeichen.

Es kommt alles, so wie es soll.
Aber woher weiß es meine Adresse?

HEUTE BIN ICH HIER.

Der Rauch hat sich gelichtet und Neujahrswünsche
sind zusammen mit ihren Raketen wieder zu Boden
gefallen. Ruhige Musik hat die hektischen Schläge der
letzten Nacht ins Bett gebracht. Sitzen noch ein paar
Momente daneben, erzählen kleine Geschichten von
großen Träumen. Du sitzt auf der Terrasse, leichter
Regen im Gesicht, die Haare nass. Heute beginnt alles
von vorne. Geht einen anderen Weg. Halbvolle Flaschen
auf der Fensterbank. Schwarze Rauchspuren an den
Fingern. Diese friedliche Ruhe und nicht mehr.
Vergessen sind wilde Umarmungen, hektisches Fliehen
vor Funkenschleudern. In der Ferne duften Mandeln.
Ich sitze in der Ecke des Raumes. Lasse Blicke streifen
und an hohen Decken emporsteigen. Dort sitzen sie
dann und blicken auf die Szenerie hinunter. Vergangenes wirkt farblos. Wenige Konturen, die noch
Ausmaße der letzten Monate mutmaßen lassen.

Du bekommst von alledem nichts mit. Bist in deinen
eigenen Gedanken, lässt dich von ihnen wärmen.
Da kommt nichts an dich heran. Weder die verlorene
Liebe noch die wiedergewonnene Angst vor dem
Morgen. Da ist nichts als Zuversicht. Ein nicht enden
wollender Horizont, Vogelschwärme durchziehen
den blauen Raum. Stehst auf und gehst an das Fenster.
Deine Gedanken überdecken das Grau hinter dem
kleinen Garten. Deine Füße spüren buntes Konfetti.

Hast du gestern das getan, was du wolltest? Oder dich vom Drumherum leiten lassen? Fragen, deren Antworten nie geschrieben werden. Lässt sie heraus und ziehen. Kaffee auf dem Tisch. Schwarze kleine Pfützen. Bitter und irgendwie unpassend. Die Musik wird hektischer. Kannst es einen Moment ertragen, dann gehst du durch den Raum. Machst mit einer Handbewegung ganze Orchester stumm. Sie hören auf dich, während du nur einer Sache Gehör schenkst. Sie atmet ruhig und liegt noch im anderen Zimmer. Hat die Augen geschlossen. Dein Herz weit offen, während du dich neben sie setzt. Traust dich nicht sie zu berühren, zu groß die Angst sie zu wecken. Aber das innere Verlangen ist stärker und so streichst du ihr kurz über die Wange. Die Belohnung folgt sofort – wenn auch nur für eine Sekunde. Sie grinst und ein warmer Schauer läuft deine Arme entlang. Lässt dich ebenfalls grinsen, doch wird dieser Zustand den gesamten Tag anhalten. Und das ist richtig. Fühlt sich so an, als muss es so.

Du bleibst sitzen. Regungslos blickst du in ihr Gesicht. Draußen geht alles seinen bekannten Lauf, aber davon bekommst du nichts mit. Dein Fuß wippt mit der Melodie. Langsam, aber gewollt. Weshalb aufstehen, wenn man die schönsten Momente im Liegen erlebt. Phantasievolle Träume, leidenschaftliche Bewegung und Momente der Sicherheit. Der Vertrautheit.

Und deshalb bleibst du in diesem kleinen Zimmer. Streifst deine Schuhe ab und legst dich neben sie. Irgendwann ausblenden und euch beide freilassen. Ohne Publikum. Ohne Fragen oder lästige Prophezeiungen. Nur du und sie, ein paar Töne und Waffeln.

Jedes neue Jahr gibt dir die Chance auf Vorsätze. Neue Sprünge, neue Wege, neue Ziele. Ich lasse das alles auf der Liste des letzten Jahres. Lasse die Liste auf dem Tisch und den Tisch im Gestern. Denn heute bin ich hier. Bei dir. Und da will ich gerade sein.

NIEMAND.

Wie gerne würde ich mit breiter Brust vor dir stehen.
Ein Grinsen im Gesicht. Wie es mir geht? Mir geht
es sehr gut. Danke. Ich würde es gerne so meinen.
So fühlen. Ehrlich gesagt fühle ich aber nicht viel, das
man greifen und beschreiben könnte. Die Augen müde.
Das Grinsen hängt an schmerzenden Fäden. Hab mir
die Mundwinkel nach oben geklebt. Die Schultern nach
hinten getackert. Nur, um nicht aufzufallen.

Tauche gerne unter – doch momentan würde ich lieber
woanders sein. Ohne hell und dunkel. Alles ein-
gefroren. Pause-Taste. Gib mir verdammt nochmal eine
Pause-Taste.

Quer durchs Land für eine Umarmung, die ich dann nicht
einmal richtig erwidern kann. Sitze an kleinen Tischen
und erzähle von großen Ängsten. Die Worte gleichen
einander und die Blicke meiner Freunde tun es ebenso.
Leichtes Taumeln ohne Tänzeln. Tipp. Tapp. Ein Getränk
für den traurig schauenden Jungen. Meine Hände
formen Linien. Meine Gedanken mehr Unkraut. Alles
rausreißen. Verbrennen. Diese ganzen Bilder. Von mir
und dem Grau.

Wird es dunkel, dann rede ich mit dir. Erzähle von
meinen Tagen. Wie früher. Einblicke im Tausch gegen
Ausblicke. Autobahnbrummen als Soundtrack.

Habe lange nicht mehr so viel geweint. Und kann dir nicht sagen wieso. Ich kann es dir nicht sagen.
In meiner Brust schlägt etwas. Doch es schlägt für niemanden. Und dieser Niemand nimmt ganz schön viel.

SATZZEICHEN. ABWEICHEN.

Dein Name auf weißem Briefpapier. Schreibe ihn vorsichtig. Ein großer Unterschied. Diesmal ohne Datum. Jedes meiner Worte hängt zwischen den Tagen. Deine Worte sind Farbe. Meine nur grauer Kaffee. Satz. Hab jeden Satz im Kreis gedreht. Fliegen will keiner von ihnen. Dafür bleiben sie unten. Halten mich bei ihnen. Zu viele Satzpunkte, die pünktlich den Rahmen ziehen. Darin wir zwei. Erinnerungen an große Absätze. Jede feinsäuberlich ausradiert. Bleistiftspuren an meinen Fingerspitzen. Reichen aus, um deinen Namen zu tilgen.

Papierstapel im Kopf. Kopfüber ins Meer.

UND DAS LICHT GEHT AUS.

Ein leichtes Kribbeln. Völlig unauffällig und leise. Bemerkst es kaum, denn alles andere ist zu laut. Die Straße. Das Auto. Die darinsitzende Frau und ihr Kind auf dem Beifahrersitz. Hättest es fast nicht bemerkt, doch es kribbelt. Mal wieder. Kein Jucken. Kein Ziehen. Diesmal ist es angenehm. Fast schon schön. Mit jedem Schritt wird es intensiver. Ein unbekannter Rhythmus begleitet von meiner Stimme. Manchmal verpasst sie ihren Einsatz, aber das ist dir egal. Hauptsache es ist nicht mehr so ruhig. In deinen Gedanken.

Wir laufen durch bunte Gassen. Unter uns das Gestern. Vor uns ein Nebel voller Ungewissheit. Doch zwischen uns ist dieses schöne Gefühl der Vertrautheit. Der Nähe. Und das genügt für den nächsten Schritt. Kann man doch nie sagen, wie lange es anhalten wird. Wie lange die Farben jede deiner Bewegungen begleiten. Du fürchtest den Moment, wenn das Licht ausgeht. Plötzliche Schwerelosigkeit für zwei kurze Schläge deines Herzens. Danach ist alles wie zuvor.

Ich schaue dir immer noch in die Augen.
Du schaust noch immer in Richtung Licht.

Verlässt ein Mensch dein Leben, so baust du ihm Denkmäler. Malst Bilder aus Erinnerungen und schreibst Lieder zu seiner Rückkehr. Doch da kommt niemand.

Ein Zustand des Wartens, der unerträglich wird.
Das Warten macht dich schlapp. Entzieht dir das faszinierende Grinsen, auf das du mal so stolz warst.
Nun ist es fort. Wie so viele andere Dinge. Wie auch das Kribbeln. Dieser farblose Moment, der dennoch alles strahlen lässt.

Warum ist dann gerade etwas anders? Ich kann es dir nicht sagen. Du kannst es mir nicht erklären. Aber das Wippen deiner Finger und Zittern deiner Stimme verrät es. Heute kam jemand zurück. Blickt staunend auf deine Denkmäler. Von Bildern umgeben und von Liedern geleitet. Ich kann nicht anders. Nehme dich an der Hand und frage, ob ich ein paar Augenblicke dabei sein darf...

Du schaust mir zaghaft in die Augen.
Ich schaue noch immer zu dir.
Und das Licht geht aus.
Doch die Furcht. Sie fehlt.

I.

Bekomme die Augen kaum auf. Nicht geschlafen und
es auch nicht versucht. Alles graurot verschwommen.
Mag mich nicht drehen. Nicht aufsetzen. Erst recht
nicht aufstehen. Lieber alles sacken lassen, was die
letzten Stunden in mir aufgewühlt haben. Gedanken,
Ängste, Wut. Ineinander verschoben lassen sie mich
taumeln. Das Gefühl zu Stolpern. Beim Einschlafen
begonnen, noch nicht aufgehört. Bekomme alles zurück. Vor den Latz geknallt. Probleme gerade noch da
gewesen – jetzt ausgelöscht. Mit Allem daran hängenden.
Schnitt. Leinen los. Davon.

Ich will, dass man mich versteht. Rufe sie an. Dann ihn.
Dann eine Nachricht an sie. Liebe Worte. Dieselben wie
immer. Verständnislosigkeit. Kann mich selbst nicht
erklären. Alles gleicht dem Vortag. Einzig ich selbst spüre
alles doppelt. Wie ein Kater, nur ohne Feiern. Tanzen.
Rauch im Haar. Diesmal alles ganz geordnet. Zu starr,
um einzuknicken. Falle im Ganzen. Aufschlag mit dem
Gesicht voraus. Spüre es. Spüre mich. Spüre die Blicke
der anderen. Gehöre hier nicht hin. Nicht in diesen
Spalt zwischen Lieben und Lassen.

Immer noch ich.

VI.

Alles muss so. Hat seine Richtigkeit. Seinen Grund.
Es zeichnete sich ab und du hast es mit Farbe gefüllt.
Die Konturen gestärkt und den letzten Strich gezogen.
Jetzt liegt es da – ein Skizzenmeer. Jede Welle zog
einen von uns beiden weiter hinaus. Kribbeln an den
Händen. Den Füßen. Am Rücken. Manchmal
orientierungslos. Manchmal einfach nur losgelöst.
Vom Ufer und seinen scharfkantigen Tatsachen. Steine
verschwinden nicht einfach so. Müssen weggetragen
werden. Stück für Stück. Deshalb reizt das Meer. Reizt
alles Neue, das einen leicht fühlen lässt.

Liege wieder am Ufer. Die Haare noch nass. Salzige
Lippen. Hände wieder leer, dafür das Gefühl noch da.
Wird irgendwann weniger. Wird irgendwann anders.
Zum Aufstehen zu schwach, aber spüre Wärme auf
meiner Haut. Sie war immer da. Hat manchmal still
beobachtet – und manchmal gewarnt. Heute ist sie
einfach nur da. Steht hoch oben. Erhaben. Zweifellos.

Ich will doch nur ans Meer. Hatte ich dir gesagt. Daraus
wurde mehr. Meterhohe Versprechen gefolgt von er-
wartungsvoller Stille. Jetzt ist da nur noch Stille. Und
irgendwann kommt wieder die Flut. Doch dann ist
jeder von uns woanders. Ganz oben oder ganz unten.
Aber wieder am Schwimmen. Füße fern ab vom Grund.
Denn alles muss so.

X.

In mir ist es still geworden. Ein leises Echo macht mir
klar, wie groß der Raum war. Unser Raum. Gefüllt mit
Erwartungen. Ängsten. Geheimnissen. Bekundungen.
Jetzt alles leergefegt. Fenster auf. Tür auf. Durchzug.
Mit der letzten Melodie geht auch der Bass. Schatten
eines jeden Satzes. Sitze mittendrin. Die Knie an mich
gezogen. Zwischen müde und matt spüre ich ein Ziehen.
Nach draußen, wo die anderen lachen.

Hat mich doch dein Lachen die letzten Monate raus-
gezogen. Quer durchs Land. Mit Sorgen an der Hand.
Haben gezerrt und gemeckert. Sind erst still geworden,
wenn die Tür hinter uns ins Schloss fiel. Die Decke uns
unsichtbar werden ließ. Bis morgen früh findet uns
hier keiner.

Jetzt die Decke auf dem Fußboden. Ein Kissen.
Mein Kopf. Daneben nur kleine Falten im Bettlaken.
Haben jedes Wort gehört. Ich habe jedes Wort gehört.
Aufgesaugt. Zehnmal in den letzten Tagen umdreht.
Erkenne das große Ganze, auch wenn ich die kleinen
Punkte lieber mochte.

Raus hier. Augen weit geöffnet. Aufrecht in Richtung
anderswo. Wie es mir geht, fragen sie. Außen gut.
Innen leer.

AUTOPILOT.

Die ersten Sonnenstrahlen kratzen am Fensterrahmen.
Ich spüre deinen Atem. Deine warme Haut. Merke wie
auch du langsam wach wirst und mich beim Grübeln
entdeckst. Ertappt schließe ich plötzlich meine Augen
und kippe langsam wieder ins Schwarze. Suche Zuflucht
in aufgewärmten Träumen. Ausgefranzte Gedanken-
fetzen mit Szenen der letzten Wochen.

Gespräche. Spaziergänge. Küsse. Deine Hand in meiner.
Fühlt sich gut an. Fühlt sich seit langer Zeit wieder
ehrlich an. Du streichelst zärtlich meine Wange und
ich stoppe den Film im Kopf. Schaue dir in die Augen,
die weit geöffnet meinen Blick erwidern. Kontern.
Ich kontere deine Bewegung und lehne mich in sie.

Herzklopfen. Bei einem von uns schneller. „Heute
wird ein schöner Tag", sagst du überzeugt. Deinen
Optimismus bewundere ich schon immer. Doch heute
realisiere ich erstmalig, wie er mich auch schmerzt.
Ich zucke zusammen, was dir natürlich nicht verborgen
bleibt. Du lässt dir das nicht anmerken, was mich noch
mehr schmerzt. Ich suche Konfrontationen. Den ständigen Austausch. Aneinander reiben. Es hilft mir dabei
zu erkennen, was ich brauche. Wohin ich mit einer
Person gehen will. Wie weit ich gehen will.

Im Moment möchte ich am liebsten zurückgehen.

Zu dem Tag, an dem das alles so schwierig wurde.
An dem ich verlernt habe mich fallen zu lassen.
Seitdem mit Sturzhelm und Knieschoner am Treiben.
Manchmal euphorisch außer Atem. Zu oft leise
und unauffällig. Ängstlich vor dem großen Sprung.
Auch dich halten Dinge am Boden – und doch sehe
ich dich neidisch mit deinem kindischen Grinsen
neben mir liegen.

Mit meinen kleinen Bewegungen reiße ich Kluften
zwischen uns. Unsere Körper versinken Millimeter für
Millimeter. Und obwohl sich dieses Gefühl zu zweit
eine Zeit lang gut anfühlt, sind meine Gedanken wieder
ganz woanders. Ich trage deine Geheimnisse bei mir.
Du hast sie mir verraten und ich nehme sie aus-
einander. Bekomme Schicht für Schicht das Gefühl
gerade denselben Fehler zu machen. Denselben Fehler,
den die anderen zuvor gemacht haben. Dasselbe
Verhalten, das uns zusammengebracht hat.

An einen Tisch auf der Schanze. Müdigkeit und Enttäuschung über sich wiederholende Sätze. Immer die
gleichen Abläufe. Haben uns geschworen alleine zu
bleiben. Bei Bier und Toast. Michael Jackson im Hintergrund. Alles verschwommen. Regen auf meiner Haut.
Ich grinse dich an. Du nimmst einen großen Schluck und
Michael Jackson kippt. Wie wir beide am selben Abend.

Gleich wirst du mich fragen. Nach den Schatten, die
an der Zimmerdecke lauern. Du wirst mich aus dieser
Kopfschleife reißen. Und ich… Ich übergebe an den
Autopiloten. Er wird diese Sätze formen. Mich erklären.
Mein Verhalten feinsäuberlich beschreiben. Und
währenddessen sehe ich deine Tränen. Sehe sie aufs
Kissen fallen.

Alles nassgrau. Ich hasse mich in diesen Minuten.
Sehe mein Spiegelbild in deinen Augen. Sehe es im
Fenster der Bahn. Emotionslos. In mir, alles ein
Trümmerfeld. In dir, alles ein Trümmerfeld. Dein
Strahlen habe ich dir genommen. Hab nicht das Recht,
es zu tragen. Der Autopilot hat aber alles im Griff.
Sein Blick sucht den Horizont – während er sorgsam
darauf achtet, dass keiner von uns fällt. Ich stelle ihn
mir mit grauen Haaren vor. Kleine Falten auf seiner
Stirn, jedes Mal, wenn ich unerlaubt zu stammeln be-
ginne. Deshalb schweige ich.

Stehen beide wieder am Anfang. Um uns herum Koffer
voller Lebensabschnitte. Laute Durchsagen und meine
Hände tief in den Hosentaschen. Ohrenbetäubender
Lärm. In mir alles taub.

Entschuldige mich wortlos. Spüre ein letztes Mal deine
Lippen an meinem Hals. Schockstarre. Die Sonne

längst untergegangen. Meine Haut abgekühlt. Und der Tag war alles andere als schön. Ich hoffe nur, dein Autopilot macht das wieder gut, was fehlender Mut und ein stolperndes Herz angerichtet haben.

Während du verschwindest und dein Duft der letzte Beweis bleibt, gibt mein Autopilot das Ruder an mich. Bin jedoch zu müde und lasse mich treiben.
Schon wieder...

IST DA SONST NOCH WER?

Die Schuhe dreckig. Meine Beine verkratzt. Kleine
Schnitte eingesammelt auf Abkürzungen. Dachte ein
Glitzern erkannt zu haben. Aus der Ferne nur ein
heller Punkt. Bin abgebogen. Querfeldein. Schatten und
Sonne im ständigen Wechsel. Angetrieben durch eine
kleine Melodie. Leise, doch bestimmt. Geradezu in
unbekanntes Terrain.

Tunnelblick. Die Kanten verschwommen. Der Horizont
nach innen gewölbt. Alles findet sein Ende inmitten
von Licht. Mit jedem Schritt ein Gedanken abgeschüttelt.
Deine Hand fest in meiner. Leichte Schmerzen. Sie
bleiben nichtig im Vergleich zum Brennen im Brust-
korb. Was am Schluss auf mich wartet, kann nur ein
Ende zeigen. Nur ein Ausstieg, den man sich nicht
einfach so traut. Und so renne ich. Mal aufrecht. Dann
wieder stolpernd.

Jeder Schritt lässt mich leichter werden. Jeder Meter
die Farben blasser. Die Melodie verschwindet. Und mit
ihr verschwindest du. Hast langsam losgelassen. Zu
viele Wünsche meinerseits. Zu viele Ängste deinerseits.
Ein sich wiederholendes Muster fegt nach und nach die
Hoffnung hinaus. Lässt alles so sauber und ordentlich
erscheinen. Gewollt gekonnt. Doch ungewollt gescheitert.
Der Tunnel enger. Die Augen weiter. Tränenbedeckt.
Schwarzgrau.

Immer wieder erstrahlen Dinge vor dem eigenen Auge
– wie eine Blume. Und dann kommt ein Luftzug.
Ein Windstoß. Der alles aus dem Gleichgewicht bringt.
Und das scheinbar Perfekte fliegt in alle Richtungen.
Man versucht es einzufangen. Die ganzen kleinen Teile
wieder an sich zu binden. Doch vergeblich greifen
müde Hände in alle Richtungen.

Nach Sturm folgt das große Aufräumen. Lege Gedanken-
burgen und Traumschlösser wieder zusammen.
Gefaltet wandern sie in den Schrank. Tür verschlossen.
Umgedreht. Setze mich in die Mitte meines Zimmers.
Da ist keine Melodie. Das einzige Glitzern erkenne
ich im Badfenster der Nachbarn. Meine Hände gefaltet
in meinem Schoß. Weiß mittlerweile wer ich bin.
Wo ich bin. Aber ist da sonst noch wer?

MANCHMAL FRAGE ICH MICH.

Manchmal frage ich mich, wie es dir geht. Halte einen
Moment inne und höre in mich hinein. Diese eine
Frage. Sie kommt immer wieder und meist unerwartet.
Um mich herum geht der Trubel weiter. Rücksichtslos
und fokussiert starren alle um mich herum auf ihre
klugen Begleiter. Ich schaue aus dem Fenster, betrachte
den Hafen und stell mir vor, was du gerade machst.
Sehe dich mit knallbunter Hose auf deinem Balkon.
Dir ist egal, was andere sagen. Hast die Musik laut
aufgedreht und wippst auf deinen Zehenspitzen.
Den Kopf voller Flausen und an den Lippen Nutella.
Verändert hast du dich. Genau wie ich. Neue Menschen.
Neue Erfahrungen. Alte Träume. Getränkt in un-
berührte Farben.

Diese Farben stehen dir gut. Das Leben als grenzen-
loses Gemälde. Schicht für Schicht kratzen sie an
eingetrockneten Überbleibseln. Jeder Tag hinterlässt
andere Linien. Formen. Flecken. Menschen kommen,
hinterlassen ein paar Spuren und verschwinden
mit der Zeit. Niemand kennt das Motiv, doch jeder sagt
seine Meinung. Verzweifelt suche ich nach den
passenden Melodien. Durchforste Herzen zahlreicher
Menschen nach einzelnen Noten. Fühl mich schlecht
für das Chaos, das ich bei ihnen hinterlasse.

Draußen setzt der Regen ein. Lässt Menschen unter

dunklen Schirmen verschwinden. Nach und nach
versteckt sich ein jeder. Ich würde gerne den Mut haben,
dir gegenüber zu treten. Um Verzeihung zu bitten.
Dich in den Arm zu nehmen. Doch stattdessen fahre
ich eine Station weiter. Vielleicht lässt das Gefühl
dann nach. Und wenn nicht, kann man es sich klein
reden. Kann die Augen geschlossen halten, wenn die
Erinnerung strahlend an mir vorbeigeht. Höre deine
Stimme. Klar und deutlich. Du erzählst von Hüpf-
burgen. Dein Lachen. Ich will es bei mir tragen.

Heute bin ich glücklich, dass alles so war. Dass alles
so ist. Freue mich über Erinnerungen genauso sehr wie
über Unbekanntes. Mein Blick hangelt sich an vorbei-
ziehenden Häusern entlang. Stelle mir vor, was in
ihnen passiert. Sehe in Gedanken eine alte Frau mit
faltigen Händen und roter Schürze am Fenster stehen.
Sie denkt an ihren Mann. An seinen kindischen Blick.
Und niemand fragt sie, wie es ihr geht.

Ich denke an unseren letzten gemeinsamen Moment.
Deine letzte Nachricht. Schon lange gelöscht. Verdrängt.
Gefühle stumm gestellt. Lasse sie schlafen. In einem
unbekannten Bett. In einer unbekannten Stadt.
Wie mag es heute bei dir riechen? Welches Bild steht
heute auf deinem Schreibtisch? Und fragst du dich
manchmal, wie es mir geht?

DIESE SELTSAME LEERE.

Schaue ich abends in den Spiegel, so erkenne ich immer
wieder diese seltsame Leere. Sie zu beschreiben fällt
mir schwer – schließlich ist da nichts in jenen Momenten.
Sie stülpt sich ungefragt nach außen. Zeigt, was da
nicht ist. Was fehlt. Verdrängt jede Mimik. Ein kalter
ruhiger Blick bohrt sich gerade durch. Ich bleibe stand-
haft und erwidere ihn. Frage nach seinem Wunsch.
Nach seinem Verlangen, das er mir mitteilen möchte.
An manchen Tagen mag ich diese Leere. Brauche diese
Leere. Doch heute überfordert sie mich. Unerwartet
bringt sie Abläufe aus ihrer Bahn. Bewegungen aus
dem Takt.

Ich sehne mich nach einer Melodie, die diese Stille flutet
und mich ein paar Schritte begleitet. Oder einer Stimme
aus dem Off. Sie gibt mir Anweisungen in klarem Ton.
Verrät den nächsten Schritt, die nächste Bewegung
und den richtigen Augenblick, der dich mir näherbringt.
„Weshalb schaust du immer so traurig?", fragen mich
lachende Gesichter zwischen Zigarettenrauch und Erd-
nüssen auf dem Boden.

Sie verstehen nicht. Es ist keine Traurigkeit. Es ist kein
Schmerz und keine Verzweiflung. Da ist einfach nichts in
diesem Moment. Und das ist schön, denn das heißt Platz.
Raum für Neues. Raum für kleine und große Wünsche.
Denn auch die sind wichtig. Sie schubsen mich. Lassen

Worte und Tränen fließen. Lassen mich meinen Weg zurücklegen. Abstand gewinnen. Entdecken.

Du sitzt neben mir. Hast dich in deinem Lieblingspullover verschanzt. Meine Hand liegt auf deinem Knie und ich erzähle dir von meinen Träumen. Du hast danach gefragt. Aber nicht nach den großen Träumen mit Familie, Haus und Hund. Sondern den kleinen Groben. Die nachts zu Besuch kommen. Gegen die Tür schlagen und sich hineindrängen. Ich erzähle dir davon und du hörst zu. Mehr brauche ich nicht. Lange Sätze, in denen ich manchmal zu Atmen vergesse. Dann zuckt es in deinen Augen. Und ich höre auf zu erzählen, weil ich dir kein schlechtes Gewissen geben möchte.

Gehst du nach Hause, gehe ich nach Hause. Kopfhörer in den Ohren, die Musik aber schon aus. Mir ist kalt. Meine Tür einen Spalt geöffnet verrät den erneuten Besuch. Ich gehe ins Bad. Stehe vor dem großen Spiegel und blicke ziellos mir selbst entgegen. Da ist sie. Diese seltsame Leere. Ich akzeptiere sie. Sie und ihren Raum, den sie in mir schafft. Den sie sich ungefragt nimmt und eigensinnig verteilt. Für Ängste und Sorgen. Für Freude, Glück und Strahlen. Wünsche mir, dass auch du sie irgendwann akzeptierst. Diese seltsame Leere. Und die sich ändernden Gäste.

SO, WIE ES MUSS.

Schließe ich die Augen, wird alles grau. Kleine helle
Flecken geben sich noch etwas Mühe – tanzen wild,
bevor sie ebenfalls verschluckt werden. Für einen Augenblick scheint alles still zu stehen. Ich spüre nichts.
Die Geräusche gedämpft, der Körper federleicht. Das
unermüdliche Kribbeln verliert sich. Ein Atemzug und
aus Grau wird Schwarz. Aus leise wird stumm.

Ein kleiner weißer Punkt. Unscheinbar und kaum
zu erkennen. Wandert langsam durch das Halbdunkel.
Hinterlässt ein kaum greifbares Glühen, doch reicht
dies, meine Neugierde zu wecken. Ich folge seiner Spur
und bemerke nicht, wie es einen Horizont in das satte
Schwarz kratzt. Linie für Linie teilt dieser die Szene in
zwei Hälften. In der Ferne ein Ton. Leise scheint er
auf mich zuzukommen. Bemerke leichte Abstufungen.
Minimal, dennoch schön. Bin so fasziniert, dass ich das
Pulsieren der Bildmitte nicht wahrnehme. Erst sanft,
dann energischer. Es scheint, als würde drumherum
alles vibrieren. Der Ton ist inzwischen zu einer warmen
Melodie geworden. Sie lässt so etwas wie Hoffnung
aufkeimen – trotz völliger Ungewissheit, die im
Zentrum lauert.

Mit der Zeit schleichen sich die Gedanken zurück. Kleine
Momentaufnahmen, die zaghaft die Bühne betreten.
Grelle Farben inmitten eines graubunten Nebels.

Ich versuche den Bildern einzelne Gefühle zuzuordnen, doch die Melodie ist inzwischen zu laut. Sie hält mich davon ab. Und irgendwie bin ich froh. Lasse jede Erinnerung ihren Platz im Ganzen finden. Eine Art Tanz, der sich zügellos anfühlt. Plötzlich sind einzelne Grenzen nicht mehr auszumachen. Ich suche den Mittelpunkt des Schauspieles, doch kann ihn nicht greifen. Kontrollverlust, den ich immer fürchte. Nun unausweichlich.

Wie im Frühling geschieht dieses Schauspiel ohne erkennbares Muster. Alles scheint chaotisch nach einem Neubeginn zu lechzen. Die Spuren des Winters werden verschluckt und Farben überziehen das Schwarz. Ich stehe an derselben Stelle, hab meine Augen fest geschlossen. Das Kribbeln kehrt zurück. Vor mir ein leuchtendes Bild – entstanden aus den unterschiedlichsten Erinnerungen. Mit genug Abstand wirkt all das gewollt. Jede Linie. Jeder Verlauf. Jeder Fleck. So, wie es muss.

GRATWANDERUNG.

Wir wollen tanzen. Wollen laut sein. Uns in die Arme
fallen und schreien vor Glück. Die anderen sollen uns
in Frieden lassen. Ihre Vorwürfe nehmen wir als weißes
Rauschen wahr. Sie sollen schweigen. Skeptische
Fragen wollen wir nicht. Nicht zweifeln. Nicht grübeln.
Und wenn, dann möchten wir den Moment selbst
wählen. Wollen das ganze Wochenende im Bett liegen.
Ein Teller Spaghetti und danach Schokolade. Traurige
Musik unter zu großer Decke. Die anderen sollen
warten. Bis wir wieder aufstehen wollen. Sollen sich
Sorgen machen. Anrufen. Anklingeln. Anstupsen.
Sie sollen sich für uns interessieren. Fragen stellen.
Ich will merken, dass da jemand ist. Der so denkt
wie ich. Der so fühlt wie mein Bauch. So denkt wie
mein Verstand.

Sie sollen nicht lachen, doch will ich mir meins nicht
verbieten lassen. Will, dass du mich magst. Will, dass
du mich fragst, ob es gut so ist. Wie was ist? Willst
du wissen. Und ich will es dir sagen. Doch dann erinnere
ich mich an deinen Appell, dich nicht ständig in Frage
zu stellen. Uns in Frage zu stellen. Also schweigen wir.
Und stecken die Hände in unsere eigenen Taschen.
Wir wollen doch alle nur gemocht werden. Wollen in
den Arm genommen werden, wenn das unbekannte
Schwarz blendet. Licht aus. Keiner soll uns sehen, wenn
wir weinen. Schwäche will man nicht eingestehen

müssen. Schließlich würde das bedeuten, dass wir nicht wissen, was wir tun sollen. Und das wollen wir nicht. Wir wollen den Weg kennen. Das Ergebnis soll alles wieder gut machen. Für jeden Schmerz und jede Unsicherheit aufkommen. Wir wollen uns verlieren. Ineinander. Doch sollen uns dabei selbst nicht aufgeben.

Alles eine Gratwanderung. Zwischen Sollen und Wollen.

ROTER LUFTBALLON.

Nächster Halt: Hamburg Hauptbahnhof. Die Türen
öffnen sich und meine Füße ertasten den Bahnsteig.
Vier Stunden Fahrt. Meine Augen sind müde und die
Gedanken ruhen wie Steine. Ankommen und weiter-
gehen. Dränge mich durch Menschenmassen. Rieche.
Beobachte. Öffne meine Lippen – doch sage nichts.
Ich genieße es, in der Masse unterzugehen. Meinen
Körper unsichtbar werden zu lassen. Streife mit der
Hand das Geländer und steige hinab.

Kopfhörer bleiben in den Taschen. Der Blick geradeaus.
Wegsuche. Jeder verfolgt ein Ziel. Möchte daran wachsen.
Möchte die anderen überragen. Möchte sich selbst
übertrumpfen. Ich würde gerne kleiner sein. Auf dem
Boden krabbeln und meine Umwelt neu entdecken.
Mit kleinen Händen nach Kuscheltieren greifen.
Summen. Weinen. Mich in den Armen meiner Oma
einkuscheln. Zu oft sind es immer wieder dieselben
Ansichten. Dieselben Meinungen, welche Momente
in Schubladen fallen lassen. In meinen Träumen
reiße ich mir diese Hüllen vom Leib. Verwische alle
Spuren und greife nach dem roten Luftballon.
Möchte fliegen. Möchte landen.

Mein Gesicht an der Scheibe der U-Bahn. Neben mir
eine alte Frau. Zeitung in der Hand. Augen geschlossen.
Ein Blick meinerseits erhascht einen ihrer Träume.

Darin steht sie auf einer Wiese. In hellblauem Kleid und
Hochsteckfrisur. Sie strahlt von Herzen. Um ihre Hand
ein roter Luftballon, der sie begleitet. Von oben auf
sie herab schaut, während sie barfuß das Korn zertritt.

Eine Durchsage lässt den Boden unter ihr einstürzen.
Der Luftballon hält sie oben. Sie bleibt ruhig, während
ich zusammenschrecke. Öffne meine Augen und
schaue in das strahlende Gesicht der alten Frau. Sie
schaut aus dem Fenster – ihr Strahlen folgt unauffällig.
Wie wäre es wohl, wenn wir uns in Träumen treffen
könnten? Wenn wir uns Dinge erzählen könnten?
Ohne den Mund zu öffnen. Ohne die Blicke voneinander
abzuwenden. Alleine durch den Glanz in unseren
Augen. Und einem roten Luftballon am Handgelenk…

DER SCHAL.

Ein leises Summen. Die Hände im Schoß. Gefaltet. Ihr
Gesicht regungslos – nur ihre Augen wandern den
Bahnsteig entlang. Ihr roter Schal greift an ihrem Hals
empor. Hält ihn fest. Drückt ihn. Und gibt der Kälte
keine Chance. Nicht nur der Kälte – auch den Schlägen
ihres Herzens. Zwängt es in ein unsichtbares Korsett
und lässt es verstummen.

Nach und nach fahren Züge ein. Menschen strömen
heraus. Suchen hektisch den Ausgang. Wollen raus und
in alle Himmelsrichtungen entfliehen. Dieses Spiel
wiederholt sich. Nur die Frau bleibt sitzen. Streicht sich
ein ums andere Mal die Haare aus dem Gesicht. Sie
wippt. Unscheinbar.

Wartet oft an diesem Gleis. Eigentlich jeden Tag,
seitdem die Blätter fallen. Ihre Taschen sind leer, doch
ihr Inneres bis zur Kante gefüllt. Gefüllt mit Schmerz,
Sehnsucht und Erinnerungen. Gefühle für ihn. Den sie
doch schon so lange nicht mehr gesehen hat. Und un-
bedingt wiedersehen möchte. Ihn endlich wieder in
die Arme schließen zu können. Einer ihrer leisen
Träume. Doch dieser Tag kommt nicht. Dafür ging er.
Lies sie alleine zurück und suchte sein Glück in
der Ferne. Wollte ausbrechen und brach somit sie.

Man merkt es ihr nicht an. Denn sie ist eine starke Frau. Achtet auf ihren Körper, doch misshandelt ihre Seele. Lautsprecherdurchsagen weisen auf Verspätungen hin. Der folgende Zug hängt im Tunnel fest. Ihre Gefühle hängen im Hals fest. Weichenstörung. Personenschaden. Ihr Lächeln zerbricht. Plötzlich und unerwartet. Ihre Hände entfalten sich. Zucken träge. Sie schaut nach links. Schaut auf die hellen Buchstaben an der Decke. Die Bahn ist weiter verspätet. Der Tunnel bleibt dunkel. Sie rückt nach vorne. Ist am Rande der Bank angekommen. Ihre Hände spüren den Abgrund. Halten ihn fest. Noch.

Manchmal muss man Dinge hinter sich lassen. Muss weitergehen und darf nicht zurückblicken. Das Schwierigste ist der erste Schritt. Aufstehen und losmarschieren. Den Blick nach vorne gerichtet.

Ein leises Dröhnen auf den Schienen. Es kündigt den Zug an. Licht durchflutet den Tunnel. Der Bahnhof wird vom Schreien der Wagons erfüllt. Langsam und behäbig kommen die Tonnen voll Knochen und Gefühle zum Stehen. Die Türen öffnen sich schüchtern. Und die Massen strömen aus den Abteilen.

Die Frau ist weg. Hat den Schritt gemacht. Den einen großen Schritt.

Nun ist sie am Ende der Rolltreppe angekommen.
Hat die Bank hinter sich gelassen. Ihre Arme treiben sie
rhythmisch nach vorne. Und ihr Herz hinterlässt eine
Spur an Erinnerungen auf dem dreckigen Boden. Nur
noch ihr Schal liegt leblos auf der Bank. Dort, wo er
hingehört. Ihr Hals spürt die warmen Sonnenstrahlen.
Und bringt ihr Lächeln zurück. Stück für Stück.

ANDERS.

Dieses Jahr war irgendwie anders. Weniger gerannt und mehr angekommen. Sehr viel nachgedacht, doch einst aufgehört. Zu oft dieselben Fragen mit verbitterten Antworten. Habe Dinge akzeptiert, die mich und andere ausmachen. Dinge, die ich heute wertschätzen kann. Jedenfalls in den meisten Momenten. Trümmer mussten verschwinden, weil sie mich verletzt haben. Menschen mussten verschwinden, weil ich sie verletzt habe. Ohne es mir einzugestehen. Habe mich selbst angelogen. Eine dritte Chance zu jeder Zeit in der Hinterhand. Heute trägt man die Narben hinter lustigen Sprüchen. Bin deutlich öfter gefallen, öfter aufgestanden, öfter umgekehrt. Habe Momente erlebt, auf die ich gerne verzichtet hätte. Sie deswegen so sehr achte. Worte gesagt, Sätze vorgelesen und Lippen berührt. Habe Bücher verschlungen und sie als Geschenk vor deiner Tür abgelegt. Der Hunger hat sich gelegt. Die Hektik ist nur noch selten zu Besuch. Hab mein Tempo gefunden, das so anders ist als zuvor. Kann dir wieder in die Augen blicken. Mit einem Grinsen im Gesicht. Kann über Vergangenes reden und von Zukünftigem träumen. Und auch wenn ich manchmal einsamer als zuvor bin, fühle ich mich aufgehobener als die letzten Male.

Dieses Jahr war irgendwie anders. In seinen Farben und Melodien. Mehr leise als laut. Die Augenringe noch etwas tiefer, den Blick wieder nach oben gerichtet. Betrachte Sterne nur noch bei Mitternacht, während ich tagsüber von dir träume. Hast mich zum Tanzen gebracht. Unbekannter Schritt zu lautlosem Takt. Alles etwas anders. Anders gedacht, als erhofft. Doch ich mag das. Mag das, was da ist. Auch an den Tagen, an denen da nichts ist als Schweigen. Nicht mehr als ein Versprechen zwischen Zweien. Stolpere durch ein Meer an Satzanfängen. Die Enden nicht absehbar. Die Nebensätze nur angedeutet. Freue mich auf das nächste Wort. Wie bereits damals. Nur irgendwie anders.

398.218

Ein kleiner Kreis, der sich gleichmäßig dreht. Ganz
ohne Hektik. Grau. Kühl. Deine Augen folgen ihm.
Möchten ihn anschubsen und ihn schneller werden
lassen. Draußen ist es dunkel. Du sitzt auf kalten
Stufen. Hinter dir die alte Holztür. Verschlossen.
Du kommst dort nicht mehr hinein. Wo du vor einer
halben Stunde voller Vorfreude die Stufen hoch-
gesprungen bist, hat die Nacht jeden Zentimeter wieder
zurückerobert. Deine Hose durchnässt vom Herbst.
Deine Bluse durchnässt von Tränen. Schwarzer Kajal
wirkt wie ein alter Vorhang. Hängt in Fetzen an deiner
Wange. Wurdest weggeschickt. Ein letztes Mal. Aus
gemeinsamem Lachen wurde ein einspuriger Dialog.
Du hast zugehört. Hast jedes Wort in dir aufgesaugt.
Bis es nichts mehr zu sagen gab. Bis er nichts mehr zu
werfen hatte. Halbvolle Gläser auf dem Fenstersims.
Hast rausgeschaut. Den Regen gehört, doch nichts
gesehen. Bist hineingelaufen. Ungewollt.

Jetzt frierst du. Zitterst unkontrolliert am ganzen
Körper. Um dich herum nur mehr Fremdes. Am anderen
Ende der Stadt. Keine Mitbewohner, die dich in den
Arm nehmen. Keine Decke, unter der du dich verkriechen
könntest. Nichts außer diese schreckliche Dunkelheit.
Und ein Kreis, der sich immer noch dreht. Schreie und
Verzweiflung fluten deinen Kopf. Dein Herz. Deinen
gesamten Körper, wo sie in viel zu großen Wellen

schlagen. Sehnst dich nach der einen Melodie. Laute Töne. Grelle Bilder. Der Glaube an so etwas wie Flucht. Großstädte lassen einen treiben. Alles wirkt zum Erobern bereit. Doch mit der Zeit wird dir klar, dass alles nur Fassaden sind. Große Mauern, die nicht erklommen werden können. Die eine Flucht verhindern und dich dazu zwingen umzudrehen. Einen neuen Weg zu suchen, der dich dann doch irgendwann wieder einholt. Und so bleibt dir manchmal nichts anderes übrig, als stehen zu bleiben. Dich zu setzen. Weil du nicht mehr kannst. Weil du es nicht mehr willst. Greifst in deine Tasche und suchst diese eine Melodie. Greifst nach allem Bekannten, um die Reste aus den Augen zu spülen. Die Reste der Nacht. Der Lichter. Der Tränen.

Der Kreis verschwindet. Alles schwarz. Deine Augen. Sie weiten sich. Dein Herz. Es weitet sich. Wartest auf den Schlag, der dann endlich erfolgt. Ein grelles Flackern in deinem Gesicht und schließlich diese Melodie aus den Kopfhörern. Blickst in deinen Schoß und siehst so bekannte Bilder. Momente, die du in den letzten Wochen so oft betrachtet hast. Auf dem Heimweg. In der Uni. Auf dem Balkon. Abends. Wenn deine Mitbewohner feiern waren, du aber andere Dinge tun wolltest. Keiner hat bemerkt, was dir verloren ging. Keiner hat danach gefragt. Und so war dieses eine Lied alles für dich. Diese 2 Minuten und 59 Sekunden wohlige Wärme.

Die Stufen. Sie gehören dir. Aber du kauerst dich zusammen. Machst dich ganz klein, um nicht weiter zu stören. Nicht nochmal im Mittelpunkt stehen. Zorn auslösen. Nicht jetzt. Spürst die raue Mauer in deinem Rücken. Zugedeckt von dieser einen Melodie und wenigen Worten. Kennst sie auswendig. Jedes Komma hat kleine Druckstellen hinterlassen. Jede Pause gibt dir die Möglichkeit, Luft zu schnappen. Kalte Luft, welche die Lücken in dir schließt. Die Vorwürfe ummantelt. Erstarren lässt. Bis der Moment innehält. Nicht freiwillig. Und nicht für lange Zeit. Es wirkt, als ob das Lied um sich schlägt. Ausbricht aus deinen weißen Kopfhörern und dem schwarzen Käfig in deiner Hand. Sich aufrichtet und ohne zu warten, die Tür hinter dir eintritt. Stufen überspringt. Wohnungen durchsucht. Findet. Vernichtet.

Ein kleiner Kreis, der sich gleichmäßig dreht. Die Melodie ist verstummt. Der Regen geblieben. 398.218 Menschen haben sie gehört. In unterschiedlichsten Momenten. Aber alle aus demselben Grund. Du steckst das Handy in die Tasche. Stehst auf. Und verschwindest in der Stadt.

ES IST VERDAMMT ENG HIER.

Es ist verdammt eng hier. Schweiß an meinen Armen.
Fühle mich unwohl. Die Dunkelheit hat jeden meiner
Gedanken fest im Griff. Sie zappeln nervös und schlagen
um sich. Ängste. Will dich nicht verlieren an diese
Masse. Wie Schlamm verschlingt sie uns. Hat den Kopf
geflutet und bahnt sich ihren Weg in Richtung Herz.
Meine Arme sind zu schwach. Sind zu kurz, um mich
irgendwo festhalten zu können. Um dich festzuhalten.
Spüre deine Finger nicht mehr und versinke im Grau.
Atemnot. Der Druck steigt und meine Hoffnung fällt
in sich zusammen. Wie der Traum von ewiger Liebe,
sobald der andere anfängt sich umzudrehen.

Es ist verdammt eng hier. Zig Stimmen liegen über-
einander. Machen es schwer, wieder zum Boden
zu gelangen. Mehrere Meter hoch sind die Versprechen.
Sind die lieben Worte, die du gesammelt hast. Keine
Berührung verneint und keinem Blick entsagt. Zu groß
war dieses Verlangen in dir gebraucht zu werden. Geliebt
zu werden. Nun wirst du all diese Momente immer
bei dir tragen. Sie werden sich einmischen. Zu jeder Zeit.
In jeder Situation. Bei jedem persönlichen Gespräch
werden sie mithören. Werden urteilen und kritisieren.
Kannst nicht mehr tun, als es über dich ergehen zu
lassen. Denn du wolltest sie bei dir haben. Du wolltest
irgendwas bei dir haben. Ein paar Farben und eine
Melodie. Noten, die Erinnerungen in die Ferne drängen.

Es ist verdammt eng hier. Wir hängen aufeinander,
denn das Wir wurde unzertrennlich. Verkeilte sich.
Du wolltest einen Schritt zurücktreten und die Situation
verstehen. Wie es dazu kam und warum es dort bleibt.
Ich schloss die Augen und sprengte uns entzwei. Rannte
durch deine Zimmer und schmiss alles um. Riss
die Bilder von der Wand und dein Lächeln aus deinem
Gesicht. Mundtot schautest du mir in die Augen, die
voller Wut waren. Voller Enttäuschung und Selbsthass.
Und alles was du tust, tust du für mich. Der Moment
vor dem Aufschlag. Der Moment vor dem letzten Kuss.
Alles in Zeitlupe. Man weiß genau, was passiert. Und
trotzdem passiert es nicht, denn plötzlich ist da etwas.
Sind da welche. Ganz viele. Finden den Weg in deine
kleine Welt. Machen sich breit und ich bleibe zurück.

Ich warte immer noch auf den Aufschlag. Ein Schlag
so fest, dass er mich zur Vernunft bringen mag. Mich
zurück zu mir selbst führt. Aber das passiert nicht,
solange ich hier bin. Solange ich bewegungsunfähig
bin. Blind nach einem Ausgang taste. Möchte nach
Hilfe rufen. Doch bleibe stumm. Der richtige Satz mag
mir nicht einfallen. Zu viele andere Sätze im Weg.
Leblos liegen sie in mir. Blähen mich auf. Geben keinem
Satz die Chance, an Bedeutung zu gewinnen. Es ist
verdammt eng hier.

Ich warte immer noch auf den letzten Kuss. Noch
einmal dieses Kribbeln im Magen. Auf der Nasenspitze.
Dein Atem an meinem Hals und meine Hände in
deinen Haaren. Möchte dich zu mir ziehen, doch
bekomme dich nicht zu greifen. Es scheint, als würdest
du davon treiben. Jede Welle macht es schwieriger.
Durch jede Gefühlsänderung werden es ein paar Zentimeter mehr. Ein kalter Raum zwischen uns. Er wird
unüberwindbar. Ich höre auf zu strampeln, blicke dir
hinterher und schweige. Denn manchmal lässt man
es vielleicht lieber sein.

Es ist verdammt eng hier.
In deinem Herzen.

SO RICHTIG.

Warmer Kakao auf dem kleinen Holztisch. Die Sonne
hinter grauen Wolken, aber eine Decke macht dies
bedeutungslos. Kinderlachen und neugierige Blicke.
Niemand will verpassen, wenn Lars über seinen bunten
Fußball stolpert. Auf meinem Schoß das eine Buch.
Begleitet mich schon seit Wochen. Fürchte mich vor
seinem Ende, denn das würde ich gerne hinauszögern.
Zu kräftige Bilder, die bekannte Situationen in mir
wecken. Tief in mir drin.

Ich will hier nicht weg. Will mit niemandem tauschen,
denn eigentlich scheint alles so richtig. Die Stadt
passt auf mich auf. Überrascht mich, wenn ich mich
zu langweilen beginne. Hunderte Ecken warten,
durchschritten zu werden. Durchbrochen zu werden.
Ich denke an die letzten Monate. Denke an die
Menschen, die ich kennenlernte. An Einzelne, die
ich in mein Herz geschlossen habe. Und Andere,
die selbiges verlassen haben. Sie haben ihre Spuren
hinterlassen. Tiefe Kratzer und den ein oder anderen
Satz, der mich morgens zusammenzucken lässt.
Doch so richtig ächten mag ich diese Erinnerungen nicht.

Eigentlich sollte es mir gut gehen. Wohne mitten
im Grünen, in einer Wohnung voller Farben. Kann für
mich sein oder auch nicht. Bekomme Besuch. Von
liebenswerten Menschen, die ihre Zeit mit mir teilen.

Ihre Gedanken. Ihre Ängste und Hoffnungen. Aber
irgendwas fehlt. Irgendwas verhindert, dass ich mich
freue. Über die Postkarten im Briefkasten, die Filme
auf großer Leinwand, die Lieder nur für mich. Suche
unentwegt nach diesem einen Gefühl, das ich nicht
mal mehr richtig beschreiben kann. Verschwommene
Artefakte, die früher so klar schienen. Dieses eine
große Gefühl. Stattdessen häufen sich Belanglosigkeiten.
Immer dieselben Sätze. Dieselben Gesten. Ein Meer
an Freundlichkeiten, aber ohne Insel. Ohne Strand.
Ich mittendrin. Und so richtig voran zu gehen, scheint
es nicht.

Die Kraft, sie schwindet. Jeder Zug entzieht mir mehr.
Und wenn ich ganz still bin, hör ich die Stimmen.
Die Meinungen der anderen. Ich will sie nicht hören.
Will ihnen nicht glauben, denn irgendwie ist da
noch Hoffnung. Ist da noch der Wunsch nach einem
Umschwung. Einer neuen Richtung. Einem Kompass.
Und so tauche ich unter. Lass alles verstummen.
Will bei mir sein. Ohne sie. Verkrampftes Strampeln
bringt mich immer tiefer. Will auf den Grund. Will
den Boden berühren. Genug geflogen. Genug versucht.
Ich will wieder stehen. Will zur Ruhe kommen.
Und bemerke dabei gar nicht, wie mir die Luft ausgeht.
Streife den harten Meeresgrund. Es tut gut ihn zu
fühlen. Etwas zu spüren, das intensiver als die Sätze

der anderen ist. Etwas zu fühlen, das steinerner als die eigenen Thesen ist. Abermals fühlt es sich falsch an. Doch dafür ist es zu spät. Denn so richtig durchdacht habe ich das alles nicht.

WIEDER DIESER LAUTE SCHREI.

Wieder dieser laute Schrei. Hängt mir seit Stunden in den Ohren. Aufstehen. Ein neuer Tag. Öffne die Fenster und starre ins Grau. Die Augen schmerzen noch. Während mich die Routine durch meine Wohnung drängt, hängt mein erster Gedanke noch bei dir. Streichelt vorsichtig deine Wangen. Ein um das andere Mal. Keine Redaktion. Zeitgleich kratzt heißes Wasser das Gestern von meiner Haut. Dünne Schichten bröckeln herab. In meinem Bad stapele ich Momente. Gemeinsames Zähneputzen. Müdes Zwinkern. Meine Arme um deine Hüfte gelegt. Öffne die Augen. Einsamkeit.

Die Winterjacke sollte schon lange im Schrank hängen. Ziehe sie an und verfluche den Winter. Graue Schuhe. Ungebunden. Für ein Frühstück reicht die Zeit nicht. Blicke erneut in den Spiegel. Nasse Haare. Kleine Falten um meine Mundwinkel. Vom Lachen. Vom Schreien. Haben gestern noch lauthals gestritten, bevor die Nacht jeden unserer Vorwürfe verschlang. Du hast die Tür hinter dir ins Schloss geworfen. Hast geflucht. Ich habe jeden deiner Schritte gehört. Das Licht im Flur, wie es irgendwann erlosch. Im selben Moment, als ich langsam zu Boden sank. Den Kopf an der roten Haustür. Alles dunkel. Musste daran denken, wie sehr ich dich liebe. Tue es gerade wieder. Ich Naivling.

Heute wirkt alles wie gestern. Menschen hetzen zur Bahn. Keiner blickt mir wirklich in die Augen. Zeitungsknistern. Der Geduldsfaden. Er reißt. Möchte das alles nicht mehr und breche aus. Landungsbrücken. Muss raus. Schlage wild um mich, während die Masse verstört schaut. Ihre farblosen Gesichter. Lebloser Ausdruck. Kann das alles nicht mehr sehen. Bin seit Jahren auf der Suche. Rastlos. Suche die Gründe für unsere Konflikte. Kümmere mich um jede deiner Ängste. Hab sie im Keller eingeschlossen. Doch wer kümmert sich um mich? Hört mir zu, wenn mir die Kraft fehlt? Ich streife die Kapuze über die zerzausten Haare. Inzwischen trocken. Fahl. Kalter Wind, der mich schubst. Stelle mich ans Ufer. Schließe die Augen. Schließe ab. Mit einem lauten Schrei. Wieder dieser laute Schrei.

Ich hoffe, du hast ihn gehört.

EIN BERG VOLLER ABGRÜNDE.

Nasser Herbstwind treibt mich durch den Hafen. Die
Hände in den Hosentaschen – den Blick zu Boden
gerichtet. Graue Einsamkeit flüstert mir seit Stunden
ins Ohr. Ich habe kaum geschlafen. Dennoch hängen
in meinen Haaren schwere Traumsplitter. Stechen kantig,
wenn ich mir durch die Haare fahre. Klappernde
U-Bahn-Wagons tragen gestresste Seelen durch die
Stadt. Ich bleibe stehen. Suche mit meinem Blick
nach Bekanntem. Sehe nur Fremdes. Ein Augenblick
in Dauerschleife. Ein Augenblick zu viel.

„Pass auf dich auf", sagtest du, bevor ich meinen Ruck-
sack packte und davon marschierte. Mein Rücken
schultert deine Worte. Ich pass darauf auf. In Gedanken
erzähle ich dir von meinen Reisen. Du schaust mich
dabei neugierig an. Hast dir deine Haare hinter die Ohren
gestreift und trinkst kalten Kaffee. „Ich hätte dich
gerne bei mir gehabt", werfe ich vorwurfsvoll in deine
halbleere Tasse. Ein Wunsch, der im Schwarz versinkt.

Wieder fühle ich den Wind auf meiner Haut. Immer
und immer wieder dieselben Fragen. Immer und immer
wieder dieselben Antworten. Und trotzdem stehe ich
wie ein kleines Kind vor dir. Suchend auf der Jagd nach
Erklärungen. Vor mir ein Berg voller Abgründe. Will
bestiegen werden, indem man hinunterklettert. Versuche
mich an der Hoffnung zu halten, die frei über der Erde

schwebt. Ich lasse sie los. Ich lasse dich los. Ich lasse los. Finde im freien Fall den sicheren Sturz. Erkenne in stockfinsterer Nacht jedes Detail. Fassungslos.

Ein kleiner Junge hat sich neben mich gestellt. Blickt mit abenteuerlichem Blick zu den Schiffen. Schielt dann zu mir herüber. Ich grinse ihm zu. Er lacht zurück. Löst in mir eine Welle von Zuversicht, die wärmend meine Jacke flutet. Irgendwann bezwinge ich den Berg. Blicke von unten empor. Und drehe alles auf den Kopf. Mühelos.

SCHON WIEDER.

Schon wieder dasselbe Lied. Du bemerkst es nicht.
Schaust weiter traumlos an mir vorbei. Deinen Namen
habe ich vergessen, doch deinen Blick. Den kenne
ich. Seit über einer halben Stunde treibt es uns über die
Tanzfläche. Die Bewegung harmonisch. Das Echo
monoton. Wolltest demnächst gehen, doch bleibst.

Schon wieder dasselbe Getränk. Stoßen an und kippen
das Zeug lachend den Abgrund hinunter. Dicht gefolgt
von uns. Alles egal. Morgen wird keiner fragen, denn
morgen sind wir wieder alleine. Kalte Füße unter dicken
Decken. Serien auf dem Laptop. Die Erinnerung schwarz
wie deine Strumpfhose. Zerrissen und abgegriffen.

Schon wieder dieselben Berührungen. Körper, die mehr
wollen, doch sich mit weniger zufrieden geben. Das
Herz liegt zugekifft in der Zimmerecke. Kuschelt mit
leeren Versprechungen. Die Nachttischlampe brennt
in meinen Augen. Deine sind geschlossen. Ich folge dir.

Schon wieder dringt Licht ins Schlafzimmer. Schon
wieder dieselben Gedanken. Dieselbe Verzweiflung.
Dieselbe Angst. Schon wieder die Faust geballt. Und der
stille Schrei. Die Hoffnung. Das wird schon wieder.

FINDEST DU MICH?

Die Sonne geht unter. Ich gehe auf. In Melodien, die
meinen Kopf fluten. In der Hand ein Stift. Seine Macken
bohren sich in meine Haut. Du schläfst. Monoton hebt
und senkt sich die Decke. Dein Kopf ruht auf meinem
Kissen. Kannst es haben. Es gehört dir. Ich gehöre dir.
Hab jeden meiner Gedanken auf einen Zettel geschrieben.
Dir vorgelesen. Und du hast zugehört. Hast deine Welt
pausiert, um meine aufzunehmen. Und nun sitze ich
neben dir. Versuche leise diese Zeilen auf Papier zu
bekommen. Darfst nicht aufwachen. Nicht wegen mir.
Zu sehr genieße ich diese Ruhe. Die Ruhe nach dem,
was war.

Draußen ist nichts. Gelbschwarze Schatten an grauen
Häuserwänden, hinter denen so viele Menschen auf
der Suche sind. Die Augen stets geöffnet. Man darf
nichts verpassen. Nichts übersehen. Nichts unbewertet
entkommen lassen. Ich kenne das. Es ist ein Teil von
mir. Eines von vielen. Du bist ein Teil von mir. Eines von
vielen. Und das soll so sein. Muss so sein. Für diesen
Augenblick.

Ich finde mich... Findest du mich, wenn du nachher
aufwachst? Frage ich mich. Und verlasse das Zimmer.

NACH SO LANGER ZEIT.

Sie trägt ihr schönstes Kleid. Knallgelb. An den Hüften
lange Bändel aus Leder. Es strahlt. Sie strahlt. Ihre Haare
nach oben gesteckt. Lose hängen ein paar Strähnen aus
dem Knoten. Sie blickt in ihr Spiegelbild. Die Augen
dunkel geschminkt. Irgendwie geheimnisvoll, wie das
Schwarz die Konturen betont. Die Lippen knallrot.
Wurden lange nicht mehr geküsst, doch formen dennoch
ein zuversichtliches Grinsen. Neben ihrem Spiegel
hängen alte Fotos. Von ihrer Familie. Ihren Freunden.
Enge Umarmungen. Ein Rückblick auf fast 30 Jahre.
Streift mit ihren Fingerspitzen über ein ganz be-
stimmtes Gesicht. Sein Gesicht. Sie wird ihn wiedersehen. Heute. Nach so langer Zeit.

Die Balkontür steht offen und von draußen dringt Musik
an ihr Ohr. Mit einem kleinen Sprung tritt sie hinaus.
Beobachtet die Szenerie. Alte Bäume am Rande des
Grundstückes. Das Lied. Sie kennt es nicht. Muss vom
Nachbar kommen. Sie hat ihn noch nie getroffen.
In ihrer Fantasie skizziert sie die Umrisse eines jungen
Studenten, während sie die Tür behutsam schließt.
Es ist an der Zeit. Mit einer raschen Drehung ergreift
sie den Schlüssel auf dem Tisch. Lässt ihn tief in ihrer
kleinen Tasche verschwinden. Zieht die Haustür zu.
Die Finger spüren das kalte Holz, bevor sie losgeht und
das Treppenhaus hinunter hüpft.

Sie kennt den Weg. Ist ihn schon so oft gelaufen.
Kleine Pflastersteine. Große Lücken. Als junges Mädchen
ist sie oft hingefallen. Kam mit blutigen Knien nach
Hause. Heute kann sie nichts aufhalten. Mit aufrechtem
Blick nähert sie sich der Bahnstation. In ihrem Kopf
fordern Erinnerungen ihre Aufmerksamkeit. Kleine
Schnipsel, die ihn und sie zeigen. Hand in Hand. Durch
die Altstadt spazierend. Sie mussten nicht viel reden.
Sich nur anschauen, um zu wissen, dass alles gut ist.
Alles gut wird.

Am Kiosk werfen ihr zwei ältere Männer Blicke zu.
Ihre Wangen werden noch röter. Herzklopfen. Im
Schwarz der Unterführung fühlt sie sich unbeobachtet.
Linst auf ihr Handy. Keine Anrufe. Keine Nachricht.
Keiner denkt an sie. Sie denkt an ihn. An seine langen
Haare. Den kindischen Blick und seine viel zu große
Brille. Auf der Rolltreppe haben sie so oft geknutscht.
Er nach unten gebeugt. Sie auf Zehenspitzen.

Fünf Jahre ist das her. Nun trennt sie nur wenige
Minuten. Der Bahnsteig menschenleer. Der Kopf rand-
voll. Tief durchatmen. Gänsehaut am Rücken. An
ihren Armen. Ein schönes Gefühl. Wippend steht sie
da, während ihr die Sonne ins Gesicht strahlt.
Ein leises Hämmern auf den Gleisen. Wird lauter.
Nach und nach. Ihre Augen fixieren die silbernen

Wagons. Der Zugführer wird erkennbar. Weißer
Rauschebart. Kurz muss sie an ihren Vater denken.
Dann wieder er. Heute wird sie ihn wiedersehen.
Nach so langer Zeit. Sie schließt die Augen.

Und lässt sich fallen.

FUNKELNDER RAUCH AM TRESEN.

Dicker Rauch in deinen Haaren. Versuchst ihn raus zu
prügeln. Dein Glas. Schon wieder leer. Dein Blick.
Schon wieder leer. Lässt ihn wahllos an Gästen hinab
gleiten. Seit mehreren Stunden ist der einzige Halt
ein alter Barhocker. Rotes Polster. Angebrochene Holz-
beine. Doch du sitzt immer noch. Wartest auf eine
Veränderung. Wartest. Und wartest.

Der Barkeeper schenkt dir ein Lächeln. Du ihm deine
letzten fünf Euro. Verknittert wandern sie über die
klebrige Theke. Im Gegenzug rutscht ein Glas voller
Hoffnung auf dich zu. Was mache ich hier? Abend
für Abend für Abend. Denkst an früher. Die Locken im
Fahrtwind und deine beste Freundin neben dir.
Gemeinsam am Hafen. Der Schnellere gewinnt. Heute
ist sie aus dem Blickfeld gerutscht. Du sitzt alleine in
dieser Bar, die dir eigentlich zuwider ist. Gierige Blicke
schauen auf dein Top. Sie tun gut und verletzen zugleich.

Irgendwann wird das alles zu Ende sein. Dann weicht
das schummrige Licht der Klarheit, die einst verschwand.
Irgendwann werdet ihr euch wieder treffen. Lautlachend
über den Kiez streifen – ohne das Bedürfnis, stehen
bleiben zu wollen. Du wirst strahlen. Wirst einfach nur
strahlen. Doch heute bleibt es beim Funkeln der kleinen
Diskokugel. Und dem Rauch in deinen Haaren.

ZEILENENDE.

Du liegst neben mir. Ich liege neben mir. Hab die Augen geschlossen, doch fühle deinen Blick. Deine Hand verwuschelt meine Haare. Ich mag das. Schaue dir in die Augen und streiche zart über deine Wange.
Seit Stunden haben wir kein Wort gewechselt. Besitz-ergreifend halten wir beide an unseren inneren Ansichten fest, welche unterschiedlicher nicht sein könnten. Doch äußerlich passt alles. Unsere Körper zeichnen Vollkommenheit an die Zimmerdecke. Dein breites Lachen zieht die Konturen nach. Doch das Tintenfass stöhnt. Die Feder kratzt. Das Zeilenende. Unausweichlich.

FREIZEICHEN.

Zweifeln. In meinem Kopf nur das monotone Piepsen. Du hebst nicht ab. Lässt den Hörer liegen. Den Kopf auf dem Kissen. Die Hände auf deinem Bauch. Zu oft hast du geantwortet. Hast Gefühle zugelassen. Dich auf mich eingelassen. Jetzt Ruhe. Stillstand. Und dein Blick streift die grauen Vorhänge.

Lege auf. Stehe auf. Gehe raus und suche Leere. Verstecke mich am Hafen. Ein blasses Licht wirft meinen Schatten an Container. In ihnen lagern wertvolle Hüte. Für junge Mädchen. In hohen Schuhen. In mir lagern ausgemalte Träume. Für uns beide. An nicht existenten Orten. Meine Hand streichelt den kühlen Asphalt, während der Rest loslässt.

Ich mag dich. Und deine Art. Mag deine verträumten Augen. Und die Art, wie du läufst. Hast du gesagt und bist eingeschlafen. In meinen Armen. Vor einiger Zeit. Heute blickst du in ein ernstes Gesicht. Es ist deins. Müde. Blickt dir entgegen. Du greifst in deine Tasche. Ziehst dein Handy heraus. Fünf verpasste Anrufe. Streifst über meinen Namen. Und klickst auf Löschen. Schockstarre. Dann Erleichterung. Loslassen, um zuzulassen. Setzt dich auf den Balkon. Zehn Ziffern. Warten. Freizeichen. Dann hebt er ab. Und ich schließe meine Augen.

SENDESCHLUSS.

Der Fernseher flackert. Grauschwarz an allen Wänden.
Zwei leere Weingläser stehen auf dem Boden. Zwischen
ihnen kaum Platz für Sorgen – und so verlassen sie
den Raum. Dein Kopf liegt in meinem Schoß und bewegt
sich kaum. Du schläfst. Bist woanders. Ich bin bei dir.
Bleibe bei dir. Regen peitscht gegen das Fenster, drückt
das Efeu zu Boden und Zeitungsseiten verschwimmen.
Jedes Wort wird aussagelos. Große Tintenflecken
markieren die Überreste des Tages. Es war ein schöner
Tag. Hab dir die Stadt gezeigt. Du hast mir deine
Träume geschildert. Kleine Ausschnitte, die dir so viel
bedeuten. Im Moment plagen dich andere Träume.
Ein Zucken und meine Hand sucht deine Wange. Hält
sie fest, damit du nicht abrutschst. Ein Blinzeln.
Ein Lächeln. Und der Fernseher blendet auf Schwarz.

EBBE UND FLUT.

Gefühlswellen schlagen gegen die Hafenwand meines
Körpers. Ich versuche still zu bleiben. Lasse das Meer
seine Melodie pfeifen und ziehe mich zurück. Tritt man
einen Schritt beiseite wirkt alles so klein und be-
sonders. Blinzele in die untergehende Sonne, während
das Grau des Wassers langsam die Farbe wechselt.
In meinen Träumen stehst du neben mir. Hältst meine
Hand und wir blicken in Richtung Horizont. Du summst
leise unser Lieblingslied, während das Wasser am
Fundament kratzt. Doch wir sind immer noch hier.
Sind da, um uns zu lieben. Uns zu fühlen. Alles andere
bringen die Gezeiten. Alles andere nimmt die Zeit.

ICH BIN DER, ...

Ich bin der, der irgendwann die Bar betritt. Dick ein-
gepackt mit den Händen in den Hosentaschen. Blicke
neugierig in den Raum und setze mich lautlos in eine
Ecke. Den Raum unter Kontrolle, während meine
Gedanken rebellieren. Die Luft erstickt an sich selbst.
Wände drücken Menschen zusammen, während der
Bass ihre Körper unkontrolliert zucken lässt. Ich bin
ganz still. Will mich nicht bewegen. Höre in mich
und lege meinen Kopf auf meine Hände.

Ich bin der, der mit seinem Blick ins Stolpern kommt.
Sehe ein kurzes Grinsen und schaue hektisch wieder
in eine andere Richtung. Kribbeln. Mein Herz überholt
den Takt der Musik. Bleibt kurz stehen und schreit zu
meinem Kopf. Der versteht und ignoriert. Langsam und
heimlich, wie beim Spicken in der Schule, drehe ich
meinen Kopf in deine Richtung. Meine Träume spiegeln
sich in deinen langen Haaren. Rutschen herab und
verschmelzen mit deinen Mundwinkeln. Du betrittst
die Tanzfläche. Ich bleibe sitzen.

Ich bin der, der dir auf den Hintern schielen sollte.
Wäre ich so wie der halbe Raum. Doch stattdessen
starre ich in mein halbvolles Glas. Breite Blubberblasen
bauen Bekundungen. Voller Gefühl und Sehnsucht,
bevor sie am Rande des Glases zerbersten. Der Alkohol
in meinen Adern. Fühle mich müde und würde mich

am liebsten unter der Mütze meines Pullovers ver-
stecken. Lege mir aber stattdessen super-coole Sprüche
bereit. Damit ich dich ansprechen kann. Völlig souverän
und selbstbewusst. Doch mir fehlt die Ablage. Und die
anderen Eigenschaften, die ich gerade erwähnte.
Muss lachen. Über mich.

Ich bin der, der bitte im Kinderparadies abgeholt werden
möchte. Ein kleines Kind in einem viel zu großen
Körper. Würde gerne zu dir gehen. Hallo sagen. Dich
breit anlachen und deine Hand nehmen. Dich nach
draußen führen. Mich mit dir auf den Straßenrand
setzen. Zuhören. Wippen. Kichern. Doch ich trau mich
nicht. Hab zu sehr Angst vor den bösen Jungs, die
mit ihren Baseball-Caps neben dir stehen. Von ihrem
großen Baumhaus erzählen und lässig ihr Bier kippen.
Da kann ich mit meiner Capri-Sonne nicht mithalten.
Packe die Sonne ein und lass Capri unter den Tisch fallen.

Ich bin der, der wieder alleine nach Hause geht. Aber
auch der, der eines Tages beim Verlassen der Bar in
deine offenen Arme läuft. Und darauf warte ich gerne.

TÜR AUF. HERZ ZU.

Ich klingele zwei Mal. Du öffnest die Tür und schaust mich grinsend an. Langsam dränge ich mich an dir vorbei und verschwinde in deinem Reich. Du trägst dein Lieblingsshirt, das du schon bei unserem ersten Treffen anhattest. Es ist grau. Ein glitzernder Schriftzug ziert deine Brust. Langsam setze ich mich auf deinen Sessel und betrachte den Raum. Alles wie früher. Kleine Bilder an der Wand und die Fenster lassen kaum Sonnenstrahlen hindurch. Der letzte Regen war nicht stark genug, um den Dreck der Jahre hinfort zu spülen.

Im Hintergrund läuft leise Musik. Den Künstler kenne ich nicht. Dafür aber die Melodie. Ich habe dieses Lied schon oft gehört. An den verschiedensten Orten. Immer alleine. Doch diesmal bist du dabei. Und trotzdem fühle ich mich einsam. Streife die Jacke ab und merke, wie eine Gänsehaut Besitz von mir ergreift. Ich werde sie die nächsten drei Stunden mit mir tragen. Aber du wirst es nicht merken.

Zwischen uns liegen etwa 2 Meter. Ich liege zwischen uns. Greife mit meinen Armen nach deinen Locken. Du hast keine Locken. Dennoch suche ich sie. Vergeblich. Deshalb gebe ich auf. Lege meine Hand auf meinen Bauch. Schweige.

Früher hörte ich auf mein Herz. Heute höre ich auf die Decke. Die bedrohlich in mich blickt und mir einredet, ich solle endlich loslassen. Solle endlich meine Worte einpacken und verschwinden. Ich habe Angst vor der Decke. Deshalb schaue ich zu dir. Sehe ein Gesicht ohne Mimik. Eiskalt schaust du zu mir. Und ich fange an zu weinen.

Wird mir doch klar, dass du Recht hattest. Die letzten Wochen waren nichts als Schlafwandel. Meine Träume führten mich immer wieder zu dir. Brachten mich an den Abgrund. Stellten mich vor diese eine Wahl.

Die Sonne findet keinen Weg in dieses Zimmer. Aber auch die Dunkelheit bleibt draußen. Niemand kann hineinschauen. Keiner blickt heraus. Gefangen in einem Raum voller Erinnerungen. Mir bleibt nichts anderes übrig, als wieder durch die Haustür zu gehen. Du bleibst im Türrahmen stehen. Deine Schulter kann nicht winken. Ich nur laufen.

GLAUBE ICH.

Sonnenlicht bricht in deinen Mundwinkeln. Zersplittert
in Sekunden und regnet auf den nassen Grund. Mein
Blick folgt den Scherben. Augenzucken. Wie lange du
wohl schon dort stehst? Auf deinen Park herab blickst,
der nach und nach sein Kleid verliert. Du hast mich
nicht bemerkt. Glaube ich.

Gelbe Blätter sammeln sich in meiner Kapuze. Rote
meiden mich. Haben die Hoffnung aufgegeben. Zu oft
habe ich sie in meiner Hand zerdrückt. Eben genau so
wie die Zweige unserer Beziehung. Wollte zu viel. Gab
zu wenig. Glaube ich.

Spatzen vor deinen Füßen. Schauen neugierig empor.
Du freundlich herab. Sie alle wollen bei dir verweilen.
Manche gehen. Andere bleiben eine Weile. Ich war
eines Tages geflohen. Hab meine weißen Nikes gebunden.
Tür auf. Herz zu. Glaube ich.

Die Schuhe glänzen nicht mehr. Tragen Schmutz,
Scham und Einsamkeit in ihren Falten. Hab dich oft
gesucht. Dich nicht gefunden. Mich verloren. In
Dunkelheit und Händen anderer. Wurde geschubst,
bin tief gefallen und nun gelandet. Glaube ich.

Unbemerkt bin ich aufgestanden. Sonnenstrahlen
kullern mir entgegen. Dein Duft in meiner Nase.

Worte versammeln sich hinter meinen Lippen, die viel lieber deine verschließen wollen. Die Worte vernichten. Dafür etwas Neues erschaffen. Mit dir. Glaube ich.

Bilder vor meinen Augen. Blitze, die mich blinzeln lassen. Will nicht wegschauen. Sehe uns. Im lila Licht meiner Zuflucht. Unser Haus. Risse durchziehen die Wände. Wir haben uns alles gesagt. Zu viel gedacht. Zu wenig gemacht. Gefühlssperrmüll zwischen meinem und deinem Körper. Alle Schaufeln gebrochen. Herzmeister im Urlaub. Glaube ich.

Berge zu tief. Ein Wir unerreichbar hoch. Steine treffen unsere Höhle. Der Boden bricht und meine graue Hülle stürzt zurück in ihren Ursprungsort. Augen auf. Zu spät. Ich rutsche auf den Scherben vor dir aus. Eine Hand greift nach dir. Die andere bleibt hängen. Im Gestern. Ein lauter Schrei. Zwei stumme Momente und drei Sekunden Augenkontakt. Ich sehe dich und erkenne mich. Abermals im Funkeln deiner viel zu großen Augen. „Darf ich…?", fragst du. „Willst du?", entgegne ich… Stillstand. Glaube ich.

Ich liege immer noch. Nun bei dir im Schlafzimmer. Augen geschlossen. Herz geöffnet. Und du neben mir. „Hast du mich vermisst?", höre ich. Ja…

ABER LACH MICH NICHT AUS.

Ich schreibe dir Zeile für Zeile. Weiße Blätter werden
von schwarzen Buchstaben überwältigt. So viele Dinge,
die ich dir sagen möchte – doch deine Sprache beherrsche
ich nicht. Suche Worte, doch finde Leere. Greife nach
ihr und stürze tiefer. Erinnerungen streifen meine
Schulter. Hinterlassen graubunte Flecken. Schmerzen.
Spüre deinen Atem auf meiner Haut. Drehe mich zu
dir. Du hast dich verändert. Ich hab mich verändert.
Möchte darüber sprechen. Mein Gegenüber lacht mich
nur aus. Wendet sich von mir ab und lässt mich stehen.

Zeitsprung. Meine Beine sind zu schwach. Heben nicht
ab und so stolpere ich durch die Zeit. Kratze an Häuserwänden, um deine Handschrift unter meinen Finger-
nägeln zu tragen. Alles wird gut. Doch will ich das?
Schneller Puls. Feuchte Hände. Stehe am Bahnhof.
Warte auf dich. Den Blick zu Boden gerichtet. Dein Duft
in der Luft. In meinen Haaren. Ein Moment. Stillstand.

Wache auf. Unterbewusst schlafend. Der Kopf auf ihrem
Laken. Mein Handy klingelt. Ich sehe deine Nummer.
Doch bevor ich abhebe, legst du auf. Löschst meine
Nummer und läufst nach oben. „Lass mich dein Lächeln
sein". Aber lach mich nicht aus. Niemals.

Das bin ich, gebannt in 3 Megapixel
Alle Einweggedanken sauf ich unter den Tisch
Ist das ein Anfang?

– Maeckes

Zeitfracht Medien GmbH
Ferdinand-Jühlke-Straße 7
99095 Erfurt, Deutschland
produktsicherheit@kolibri360.de